Oscar junior

Dello stesso autore nelle edizioni per ragazzi

nella collezione Contemporanea
Gatto Tigrato e Miss Rondinella

nella collezione Oscar junior
Gatto Tigrato e Miss Rondinella

JORGE AMADO

LA PALLA INNAMORATA

Traduzione di Ombretta Borgia
Illustrazioni di Antongionata Ferrari

OSCAR MONDADORI

www.ragazzi.mondadori.it

Titolo dell'opera originale *A Bola e o Goleiro*
Prima edizione febbraio 1997
Seconda edizione febbraio 1998
Prima edizione nella collana "Oscar junior" aprile 2010
Stampato presso Mondadori Printing S.p.A.
Stabilimento di Verona
Printed in Italy
ISBN 978-88-04-59893-0

Racconto, per chi la vuol sentire, la storia della palla Buca-Reti e del portiere Go-Gol detto anche Paperella, una storia giusta giusta, corta e matta come la vita.

Il destino dei palloni da calcio è fare gol e la palla Buca-Reti, come dice il suo nome, era la massima autorità in materia per la qualità e il numero delle reti segnate.

Gol olimpici, a effetto, a foglia morta, di rapina, di bicicletta, a palombel-

la… tutti, comunque, di impareggiabile fattura.

Per questo motivo divenne famosa e fu acclamata come la Sfera Magica, la Bomba Geniale, l'Invincibile e il Cerchio del Diavolo dai radiocronisti che impazzivano davanti al microfono quando la vedevano tagliare il campo, di passaggio in passaggio, di finta in finta, per segnare un'altra rete sensazionale.

Buca-Reti era il terrore dei portieri, la passione delle punte e dei registi, la

beniamina dei tifosi, nata per insaccarsi in porta e baciare allegramente la rete, scatenando l'urlo di guerra e l'entusiasmo delle curve.

Lucente, leggera e coraggiosa, la più rotonda delle palle, sin da giovanissi-

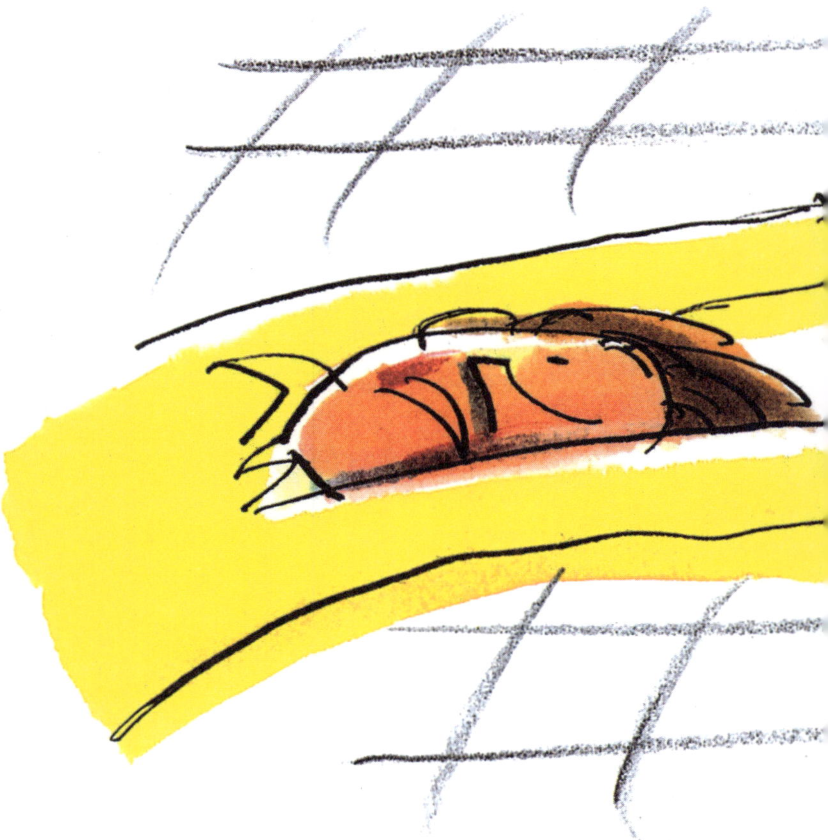

ma diventò molto popolare per via delle reti segnate, almeno seicento; sempre tante, in ogni partita. Tante per la squadra A e tante per la squadra Z, perché Buca-Reti si manteneva assolutamente imparziale in tutte le sue

esibizioni sul rettangolo di gioco. Segnava gol a tutte e due le squadre, non risparmiava nessuno, era giusta ed equilibrata. Segnava più reti la squadra che più volte si lanciava all'attacco per infilare l'avversario. Con lei gli attaccanti non sbagliavano un tiro, non stampavano palle sulla traversa. Ma, siccome era buona e aveva un cuore d'oro, Buca-Reti non lasciava a digiuno

neanche l'altra squadra: il gol della bandiera glielo concedeva sempre, prima che l'arbitro fischiasse la fine dell'incontro.

Buca-Reti era stata proclamata nemica numero uno dello zero a zero. I risultati delle sue partite mostravano la grande vocazione di Perlina per il

gol. Perlina era il soprannome affettuoso che le aveva dato *o Rei* del calcio. Punteggi sempre sonanti: cinque a quattro, sette a sei, sei a sei. Oppure

fiumi di gol: sei a due, otto a tre, cinque a uno, quando era evidente la differenza di valori fra le due squadre, i campioni, padroni del campo, e gli avversari, squadrette senza preparazione e senza tradizione.

Buca-Reti era al culmine della sua brillantissima carriera; si diceva che sarebbe stata nominata palla ufficiale dei prossimi Mondiali. I cannonieri delle squadre più blasonate, i più noti centravanti erano innamorati di lei, ognuno voleva essere il suo favorito per arrivare in testa alla classifica dei marcatori. Ma l'eroina dei campi non sembrava pendere verso nessuno di loro. Centrava la rete quando era calciata dall'asso degli assi, *o Rei*, ma anche quando era tirata da un qualsiasi brocco, un signor nessuno. Per lei erano tutti uguali, si serviva di loro solo per andare in gol e scatenare il tifo del popolo degli stadi con le sue reti, tutte da immortalare. Buca-Reti non si era mai innamorata.

2

Un giorno però, come succede a tutte le creature, Buca-Reti s'innamorò e non immaginate di chi! Invece di innamorarsi di un cannoniere, un centravanti, una mezzala, consegnò il suo

7

cuore a un portiere, l'ultimo dei portieri, Go-Gol, noto anche come Mano-Marcia o il Piglia-Papere.

Il portiere Go-Gol fin dall'inizio della sua carriera era stato salutato in campo con diversi soprannomi, uno

– come dire – più caloroso dell'altro: Paperella, Mano-Marcia, Colabrodo, Re-del-Gallinaio e altri ancora più pesanti, che qui non posso riportare perché questa storia è destinata a un pub-

blico giovane. Bene: Go-Gol divenne il popolare Piglia-Tutto, Saracinesca, Il-Ragno. Il-più-Grande.

Dicono che sia stata la casacca color caramella-mou usata da Paperella a

far innamorare Buca-Reti. Quando lo vide davanti alla rete di quella squadretta, che ancora non aveva vinto una partita di campionato e che incassava gol su gol, Buca-Reti perse la testa, non ebbe più occhi per nessun altro. All'inizio della partita, quando fu calciata con violenza verso la rete, andò ad accoccolarsi tra le braccia del Re-del-Gallinaio. Per la prima volta in vita sua, Paperella ricevette un'ovazione in uno stadio.

3

Buca-Reti continuò a fare gol sensazionali a tutti gli altri portieri, uno dopo l'altro. Ma quando scendeva in campo la squadra di Piglia-Tutto, era la gloria. Il portiere avversario doveva mandar giù pallone su pallone, mentre Piglia-Tutto riusciva a bloccare la palla in mille modi diversi, con parate mai viste prima. Buca-Reti non desiderava altro che accoccolarsi tra le braccia del suo innamorato.

Per precisione devo dire che Go-Gol

era sempre lo stesso, non era cambiato in nulla: non sapeva mai piazzarsi tra i pali, non usciva mai dalla porta al momento giusto, non aveva mai una visione del gol, insomma era pessimo. L'unica differenza è che riusciva a parare tutto, assolutamente tutto.

Paperella si buttava da una parte mentre la palla scivolava dall'altra, la curva già urlava go-o-o-l! E all'improvviso, al momento culminante, che cosa si vedeva? Si vedeva la palla salda tra le mani di Piglia-Tutto, stretta sul cuore del portiere, tra le braccia di Go-Gol, docile e felice. E così, invece di un altro gol di Buca-Reti, la tifoseria applaudiva un'altra parata fenomenale di Piglia-Tutto.

Per parecchio tempo Buca-Reti e Saracinesca, ex Paperella, furono i pro-

tagonisti degli stadi brasiliani, incantando le folle con una sagra di gol meravigliosi e di parate impossibili.

Erano sulle prime pagine dei giornali, in televisione e nei cinegiornali, costringevano i cronisti sportivi a coniare espressioni nuove, esagerate, superlativi colossali per poter descrivere le gesta della Palla e del Portiere.

Dopo aver attraversato la linea di porta e fatto crescere sul tabellone il

passivo umiliante della squadra avversaria, Perlina rotolava tra le braccia di Go-Gol, per accovacciarsi sul suo petto. E, più di una volta, accadde che Saracinesca baciasse Buca-Re-

ti e allora, nello stadio, la folla delirava.

Sembrava un miracolo e lo era: il miracolo dell'amore non ha spiegazioni, non ne ha bisogno.

Un giorno la radio, i giornali e la televisione annunciarono al Brasile e al mondo intero che *o Rei* del calcio aveva fatturato il gol novecentonovantanove e si preparava a varare il gol numero mille, una notizia eccitante e piena di promesse. Mai nessun attaccante aveva realizzato una simile impresa, siglare mille gol nella rete avversaria.

Si misero in subbuglio i portieri brasiliani e degli altri paesi, tutti volevano avere l'onore e la gloria di prendere il gol numero mille di *o Rei*. Arrivarono i telegrammi per proporre famosi numero uno stranieri, ma i brasiliani protestarono, e con ragione: doveva essere un portiere nazionale.

A Go-Gol sarebbe toccato il grande onore: far segnare il millesimo gol a un campione senza uguali, e così, per via del calendario del torneo, scesero

in campo, o meglio calcarono il manto erboso – perché in una partita così importante non si scende in campo, si calca il manto erboso – la squadra di *o Rei* e quella con la rete difesa da Go-Gol.

Ovviamente la palla scelta per la sfida non poteva essere che la famosa Buca-Reti, che *o Rei,* come si sa, corteggiava, chiamandola "Perlina, mia cara, mia dolce innamorata".

5

Ancora oggi sono in molti a non credere a quanto accadde sul campo in quel pomeriggio di sole, mentre migliaia di bandiere sventolavano in uno

5-0

stadio dove più di duecentomila persone cantavano e applaudivano.

La squadra di *o Rei*, che doveva vincere con una goleada, prese una sonora batosta. Buca-Reti ne combinò di tutti i colori, e quando mancavano pochi istanti alla fine della partita il tabellone segnava cinque a zero contro la squadra di *o Rei*.

Negli ultimi secondi però, quando il pubblico, deluso per non aver visto il millesimo gol, già cominciava a la-

sciare lo stadio, l'arbitro fischiò la massima punizione contro la squadra di Go-gol, un rigore per un fallo che nessuno aveva commesso. Un furto chiaro e tondo, comunque applauditissimo perché avrebbe permesso a quel pubblico immenso di vedere e festeggiare il millesimo gol di *o Rei*: più di tutti gioì Paperella, pronto a mandare giù la papera reale e a ingoiarla tutta intera.

La palla Buca-Reti fu piazzata sul dischetto, un silenzio profondo avvolse lo stadio. *O Rei* prese la distanza per dare ancora più forza alla sua fucilata imparabile, e segnare il gol. Go-Gol si sistemò tra i pali con la sua casacca caramella-mou, con un sorriso soddisfatto sulle labbra, pronto a non difendere, a ingoiare la papera cruda, com-

prese le piume. A dire il vero non si era neanche messo al centro della porta come avrebbe dovuto, si era appoggiato al montante di destra, dalla par-

te esterna, lasciando la saracinesca alzata per far passare Buca-Reti. Nessuno fiatò, tutti compresero il gesto del portiere: incassando quel gol sarebbe diventato immortale.

O Rei partì, calciò violentemente a mezza altezza di fronte alla porta vuota. Duecentoquattromila e trecentodiciotto persone, senza contare i giornalisti, i dirigenti delle squadre e i portoghesi, videro Buca-Reti scagliata con violenza e precisione da *o Rei* del calcio verso la porta sguarnita di Go-Gol.

Saltarono tutti in piedi, pronti ad applaudire fino a notte e per tutta la settimana il gol numero mille di *o Rei*.

Allora videro Buca-Reti fare un mezzo giro nell'aria, cambiare direzione davanti alla porta e saettare, smorfiosa, verso Go-Gol con la sua casac-

ca caramella-mou: voleva precipitarsi tra le sue braccia.

Paperella si scostò rapidamente, saltando dall'altra parte. Buca-Reti fece lo stesso, per cercarlo. E così continuarono, tutti e due, per qualche interminabile minuto, a rincorrersi tra i pali, da una parte all'altra. Fino a quando Go-Gol, disperato, si lanciò verso il centro del campo, lasciando la porta a disposizione della palla.

Ma Buca-Reti lo inseguì fino alla rete avversaria e gli si piazzò sul petto, Perlina innamorata.

Così finì la carriera calcistica della palla Buca-Reti e quella del portiere Paperella, che fu il peggiore e il migliore di tutti i portieri.

E cosa fecero dopo?
Che domanda!
Si sposarono...
e vissero felici e contenti.

L'AUTORE

JORGE AMADO

Nato a Pirangí nello Stato di Bahia nel 1912, figlio del ricco proprietario di una fazenda nella regione del cacao, fu fin da giovane testimone delle lotte per il possesso della terra, che lasciarono in lui ricordi indelebili, evocati nelle sue opere. Laureato in legge, collaborò a giornali e riviste. Mantenne sempre vivo il suo impegno politico, che gli procurò più volte il carcere e l'esilio. Ha scritto romanzi indimenticabili, come *Jubiabà*, *Gabriella, garofano e cannella*, *Dona Flor e i suoi due mariti* e *Teresa Batista stanca di guerra*. I suoi testi sono stati più volte adattati per il cinema, la televisione e il teatro. Per bambini ha scritto due piccole storie: *Gatto Tigrato e Miss Rondinella*, in occasione del primo compleanno del figlio João Jorge, e la favola calcistica *La palla innamorata*.
Membro dell'Accademia brasiliana delle lettere, il "cantore di Bahia" ha ricevuto premi e riconoscimenti in tutto il mondo.
È morto nell'agosto del 2001.

ANTONGIONATA FERRARI

L'ILLUSTRATORE

È nato a Brescia nel 1960. Diplomato presso l'Istituto Europeo di Design di Milano, dopo una lunga esperienza nel cinema d'animazione, dal 1993 si dedica quasi esclusivamente all'editoria per ragazzi, ed è stato premiato in varie rassegne di illustrazione e di grafica umoristica. Nel 2007 ha vinto il Premio Andersen – Il mondo dell'infanzia come migliore illustratore.

Oscar junior

JORGE AMADO
Gatto Tigrato e Miss Rondinella
La palla innamorata

DINO BUZZATI
Il segreto del Bosco Vecchio
La famosa invasione degli orsi in Sicilia

ITALO CALVINO
Il visconte dimezzato
Il barone rampante
Il cavaliere inesistente

MAURO CORONA
Storie del bosco antico

MICHAEL ENDE
Fiabe e favole

GABRIEL GARCÍA MÁRQUEZ
La luce è come l'acqua

DAVID GROSSMAN
Le avventure di Itamar
Un milione di anni fa
Buonanotte giraffa

Oscar junior

LIA LEVI

Una valle piena di stelle

Da quando sono tornata

C.S. LEWIS

Le Cronache di Narnia

1 - Il nipote del mago

2 - Il Leone, la strega e l'armadio

3 - Il cavallo e il ragazzo

4 - Il principe Caspian

5 - Il viaggio del veliero

6 - La sedia d'argento

7 - L'ultima battaglia

BIANCA PITZORNO

Clorofilla dal cielo blu

La bambola dell'alchimista

Parlare a vanvera

La casa sull'albero

Ascolta il mio cuore

Polissena del Porcello

Diana, Cupìdo e il Commendatore

La bambola viva

Re Mida ha le orecchie d'asino

JERRY SPINELLI

Guerre in famiglia

A rapporto dal preside

Quarta elementare